Sophie's Snail

ソフィーとカタツムリ

ディック・キング＝スミス 作
デイヴィッド・パーキンズ 絵
石随じゅん 訳

評論社

ソフィーとカタツムリ——もくじ

FARM
MUNNY
THANKYOU
SOPHIE

ところがそこへ、にゅうっと二本の角《つの》が、格子《こうし》のすきまからつきでたではありませんか。(25ページ)

ソフィーとカタツムリ

装幀／川島　進（スタジオ・ギブ）

一本足の生きもの

ある日、お父さんが、子どもたちに問題《もんだい》を出しました。

「一本足の生きもの、なーんだ？　当てたら、えらい」

「わかった！」

ふたごのマシューとマークが、同時に声をあげました。

このふたりは、顔がそっくりなら、言うこともそっくり。いつも、そろって同じことを言います。ちがいといえば、マシューのほうが十分《じっぷん》早く生まれたことだけで、あとは何から何まで、そっくり同じです。

「じゃあ、当ててごらん。一本足の生きものって、なーんだ？」

もう一度《いちど》お父さんが聞くと、ふたりそろって答えました。

「一本足で立ってるニワトリ！」

「ばかばかしい」

まじめな顔でそう言ったのは、妹のソフィーです。

ソフィーは四才。お兄ちゃんたちより二つ年下です。

「マッタク、ばかばかしい！　もう一本あるけど、見えないだけだよ。ほんとうに足が一本しかない生きものなんて、この世《よ》にいるはずないよ。そうでしょ、お父さん？」

「それがいるんだ、ソフィー」

「えっ、何？」

「カタツムリだ。カタツムリが歩くときは、体《からだ》が一本足みたいじゃないか。だから、一本足の生きものさ。カタツムリをつかまえたら、そっと、うらを見てごらん。庭《にわ》に、たくさんいるだろ」

「行こうぜ！　カタツムリをさがそう！」

マシューがマークをさそうと、マークもマシューをさそいました。

「待《ま》って!」

ソフィーがよんでも、お兄ちゃんたちは待《ま》ってくれません。しかたなく、ソフィーは、とことこ追《お》いかけました。

ようやく追《お》いついてみると、お兄ちゃんたちは、庭《にわ》のかたすみで、大きなカタツムリを一ぴきずつ持《も》って、うらを見ていました。どうやら、カタツムリまでふたごのようで、大きさも同じ、形も同じ、緑《みどり》っぽい茶色のしまもようも、そっくり同じです。

「いいこと考えた!」

と、マシューが声をあげると、

「おれも考えた!」

と、こんどはマーク。それから、ふたりそろって、

「カタツムリを、きょうそうさせようぜ!」

と、言いました。

「でもさあ、どっちがどっちのカタツムリか、わかるの？」

ソフィーが、口をはさみました。すると、

「いいこと考えた！」

と、マークが言って、

「おれも考えた！」

と、こんどはマシュー。それから、ふたりそろって、

「ソフィー、フェルトペン、持《も》ってきて」

と、言いました。

ソフィーは、赤のフェルトペンを持《も》ってきて、お兄ちゃんたちに聞きました。

「これで、どうするわけ？」

マークとマシューは、そろって答えました。

「名前のかしら文字を書くんだ」

「でもさあ、どっちもおんなじ〝マ〟じゃない？」

と、ソフィー。

ふたりは、はっと顔を見合わせてから、そろって言いました。

「いいこと考えた！」

すると、

「はいはい。あたしも考えたよ」

ソフィーは、何も言われないうちに、とことこ歩いていったと思うと、青のフェルトペンを持《も》ってきました。

それから、しばらくたちました。からに大きく赤い字で〝マ〟と書いたカタツムリを持《も》ったマシューが、

「いちについて……」

と、大声をあげました。マークも、大きく青い字で〝マ〟と書いたカタツムリを持《も》って、言いました。

「いちについて……」

「待《ま》ってよ！　あたし、まだ、カタツムリを見つけてないんだからさ」

ソフィーがそう言ったときには、もう、ふたごのお兄ちゃんたちは、ふたごのカタツムリをスタートラインにおいていました。芝生《しばふ》と花《か》だんのさかいの小道です。はばが一メートルぐらいある、いちばん大きい敷《し》き石がコースになりました。むこうのはしまでわたれば、ゴールです。

「いちについて、ようい、どん！」

お兄ちゃんたちのどなり声が、ひびきました。

「お兄ちゃんたちになんか、負《ま》けるもんか」

ソフィーは、すたすた歩いていきながら、つぶやきました。ソフィーは、小さいながら、一度決《いちどき》めたらやりぬく子です。

石をひとつどけてみると、ちょうどそこに、一ぴきのカタツムリがいました。まるで、ソフィーを待《ま》っていたようです。赤の〝マ〟や青の〝マ〟とは、ぜん

SOPHIE

ぜんちがいます。ソフィーの中指《なかゆび》のつめほどの、小さな小さなカタツムリ。から の色はキンポウゲのような、かわいい黄色でした。

小さなカタツムリは、見ているうちに頭をもたげ、二本の角《つの》をツンと上げて、ゆっくり歩きはじめました。なんでもわかってるような顔、してるね。

ソフィーは、カタツムリをそっとつかまえて、うらがえしてみました。

「おまえがくつをはくなら、ミニミニサイズだね、カタツムリさん。足がはやくなくてもいいや。とってもきれいだから、おまえに決《き》めた」

コースにもどったソフィーは、マシューとマークに聞きました。

「どっちが勝《か》ったのさ？」

すると、お兄ちゃんたちは、

「こいつら、まっすぐ歩かないんだよ」

ふたりそろって答えたあと、

「でも、おれのほうが遠くまで行ったぞ」

と、口々に言って、

「ちがう、おれのだぞ」

と、それぞれが言いはりました。

そのあと、お兄ちゃんたちは、自分のカタツムリを、もう一度《いちど》スタートラインにならべました。

「待《ま》ってよ！」

ソフィーも、小さな黄色いカタツムリをおきました。お兄ちゃんたちのカタツムリとならぶと、ひときわ小さく見えます。

「ソフィーのカタツムリ、見てみろよ！」

お兄ちゃんたちは、そう言ってばかにしました。

「いちについて、ようい、どん！」

ふたりは号令《ごうれい》をかけました。

ところが、赤の〝マ〟も、青の〝マ〟も、さっぱりスタートしません。二ひきとも、じっとからにとじこもったきりで、ご主人《しゅじん》のおうえんにも、知らん顔です。

ソフィーのカタツムリは、そろそろ歩きはじめました。それは、小さいながら、きちんとやりぬくカタツムリだったのです。

ソフィーは、小道のわきの草の上にはらばいになって、小さなカタツムリが、じゅんちょうに進《すす》むようすを見まもりました。

それから三十分後。

とうとう、ソフィーのカタツムリが、ゴールラインをふみました！

ソフィーは、とびあがって大はしゃぎです。

「あたしのが、勝《か》ったぁ！」

でも、まわりには、だれもいません。お兄ちゃんたちは、ふたりとも、ちょうど同じときにカタツムリきょうそうにあきて、どこかへ行ってしまったのです。赤の〝マ〟と青の〝マ〟も、とっくに、花《か》だんの葉《は》かげに、すがたを消《け》していました。

ソフィーのカタツムリだけが、しっかりした足どりで、まだ歩きつづけています。後ろにできるまっすぐな銀《ぎん》色のすじに、おひさまがあたって、キラキラ光りました。

ソフィーは、小道にひざまずき、小さな黄色いカタツムリの前に、そっと手をおきました。すると、カタツムリは、むねをはって、その上に乗《の》ってきました。

「カタツムリさん。やっぱりおまえは、ちゃんと、わかってたんだね！」

「ソフィー。あなた、その手に何を持《も》ってるの？」

お茶のテーブルで、お母さんが聞きました。

「カタツムリだよ！」

マシューとマークが、声をそろえて言いました。

「今すぐ、庭《にわ》においてらっしゃい」

と、お母さん。

「いやだ」

ソフィーは、小さい声ながら、きっぱりとことわりました。

お母さんは、ソフィーを見やって、ためいきをつきました。そして、マッチ箱《ばこ》のなかみをあけると、から箱《ばこ》をソフィーにわたしました。

「食べおわるまで、そこに入れておくこと。入れたら、手をあらってらっしゃい」

ソフィーは、その日の夕方、ずっとカタツムリと遊《あそ》びました。

寝《ね》る時間がきて、歯《は》をみがくときには、カタツムリを、だいじに、せんめん台のふちにのせました。そして、いつものように、せんめん台にいっぱいお湯《ゆ》をためて、顔と手をあらいました。カタツムリは、じっとしたまま、ソフィーのすることを見ているようでした。

それから、いつものように、ごしごし歯《は》をみがいて、わざとあわをたくさんつくると、ためたお湯《ゆ》に、ぺっとはきだしました。ソフィーはこれが楽しみです。お湯《ゆ》にうかぶあわのかたまりは、いろいろな形になります。たいていはどこかの地図ですが、今夜《こんや》は、せんめん台のふちにそって、白い大きなアフリカ大陸《たいりく》ができました。

そのあと、いつものように、せんめん台のせんをぬきました。ところが、ぬれた手をふこうとふりむいたひょうしに、ガウンのそでが、せんめん台のふちをこすりました。しずんでいくアフリカ大陸《たいりく》のまんなかに、小さな黄色いものが落《お》ちました。あわと水がうずまきになって穴《あな》に消《き》えていき、あとにのこったのは、からっぽのせんめん台だけでした。

ソフィーは、かいだんを、とぼとぼおりていきました。そして、ぽつりと言いました。

「あたしのカタツムリが、せんめん台の穴《あな》に落《お》ちちゃった」

「飼《か》うのは、むりだったんだよ。しぜんのエサを食べないと、死《し》んでしまうからね」

お父さんが、やんわりと言いました。

「こんどからは、カタツムリをつかまえても、庭《にわ》にはなしてやることね。庭《にわ》には、かわいいカタツムリが、まだまだいるわよ」

お母さんも、やさしく声をかけましたが、ソフィーは、

「あの子よりかわいいのなんて、いるわけない」

と、言うだけでした。

妹があんまりしょんぼりしているので、お兄ちゃんたちも、なぐさめてくれました。けれど、考えすぎたせいか、めずらしく、べつべつのことを言いました。

「きっと、即死《そくし》だよ」

と、マシュー。

「もう、おぼれ死《し》んでるよ」

と、マーク。


せんめん台の穴《あな》に落《お》ちたら、どうなるんだろう？

考えるのはよそうと思っても、どうしても、そのことを考えてしまいます。ベッドに寝《ね》ていても、お兄ちゃんたちが歯《は》をみがいたり、手をあらったりするようすが目にうかびます。そのあとはお母さん、それからお父さんが歯《は》をみがいて、手や顔をあらう。みんなが流《なが》す水が、あたしのカタツムリを、もっともっと遠くへ流《なが》してしまう。排水管《はいすいかん》から下水《げすい》へ、下水《げすい》から川へ、川から海へ。

ようやくねむったソフィーは、ゆめを見ました。ゆめの中で海岸《かいがん》を歩いていると、砂浜《すなはま》に何かが打《う》ち上げられています。見おぼえのある、小さな黄色いもの。かけていってひろいあげると、それは、頭も、角《つの》も、足もない、からっぽのカタツムリのからでした。

つぎの朝、心のどこかがいたいようなかんじがして、早くから目がさめました。そして、起《お》きあがったとたんに、きのうのおそろしいできごとがよみがえりました。

ソフィーは、せんめん所《じょ》へ行って、せんめん台のふちから、穴《あな》をのぞきました。穴《あな》には、落《お》としたものが流《なが》れていかないように、格子《こうし》がはめてあります。

「それなのに……おまえは小さすぎたんだよね」

そうつぶやきながら、つまさきだちで、穴《あな》のおくの暗《くら》やみを、かなしげに見つめていました。

ところがそこへ、にゅうっと二本の角《つの》が、格子《こうし》のすきまからつきでたではありませんか。やがて、頭が。そしてつぎには、ソフィーの中指《なかゆび》のつめほどもない、キンポウゲのようなきれいな黄色のカタツムリが、すがたをあらわしました。

ソフィーは、そっとそっと手をのばし、小さな、しっかりもののカタツムリをつかまえました。そして、しずかにしずかにかいだんをおりると、うらぐちの戸をあけて庭《にわ》に出て、つゆにぬれた芝生《しばふ》を進《すす》みました。

きのうカタツムリを見つけたところにつくと、やさしくやさしく、地面《じめん》におろしてやりました。そうして、小さな足でしっかり歩いていく後ろすがたを見つめました。

「さよなら、カタツムリさん。また会《あ》おうね」

ソフィーは、そう声をかけると、ぬれた芝生《しばふ》の上にうれしそうにすわりこみ、カタツムリが見えなくなるまで、いつまでもいつまでも見送《みおく》りました。

牧場《ぼくじょう》ちょきん

ぼくじよう
ちよきん
ごきようろく
かんしやします
そふぃいー

朝ごはんのとき、ソフィーが言いました。

「あたし、大きくなったら、〈牧場《ぼくじょう》マン〉になるんだ」

すると、お兄ちゃんたちが言いました。

「むりだね」

「どうしてさ？」

「〈牧場《ぼくじょう》マン〉って、いったら、男だもん」

「それじゃ、〈女牧場《ぼくじょう》マン〉。これなら、もんくないでしょ！」

するとお父さんが、読んでいる新聞《しんぶん》ごしにソフィーを見て、話しかけてきました。

「おまえならなれるさ、ソフィー。なんだって、自分で決《き》めたことを、きっとやりぬく子だからな。でも、大金《たいきん》がひつようだぞ。それって、牛やブタを飼《か》う人のことだろ？　何頭も飼《か》えば、そうとうお金《かね》がかかる」

「何頭も飼《か》わないよ」

と、ソフィー。するとマークが、

「それじゃ、どれくらい？」

「牛は一頭だけ。ハナコっていう名前」

「そうか。それじゃ、売るほどたくさんの牛乳《ぎゅうにゅう》は、しぼれないなあ」

お父さんが言うと、

「牛乳《ぎゅうにゅう》は売らないの」

と、ソフィー。するとマシューが、

「なぜ、売らないのさ？」

「ぜーんぶ、あたしが飲《の》むから。牛乳《ぎゅうにゅう》、だあーいすき。お母さん、もっと牛《ぎゅう》乳《にゅう》ちょうだい！」

そう言って、ソフィーは自分のグラスを持《も》ちあげました。

「どうかしら、それで牧場《ぼくじょう》マンっていえるのかしら……」

お母さんが言いかけると、「女牧場《ぼくじょう》マン」と、お兄ちゃんたちが言いなおしました。

「……牛を一頭、飼《か》うだけでしょ？」

「それだけじゃないよ。メンドリを二羽、飼《か》うの。名前はエイプリルとメイ」

「なんでエイプリルなのさ？」

と、マシューが聞くと、

「なんでメイなのさ？」

と、マークも聞きました。

「エイプリルもメイも、どっちも、すてきな季節《きせつ》でしょ。二羽ともすてきなメンドリだからね」

「二羽じゃ、売るほどたくさんのたまごは、とれないなあ」

お父さんが言うと

「たまごは売らないの」

と、ソフィー。すると、マークとマシューが、つぎつぎに言いました。

「ぜーんぶ、おまえが食べるから、だろ?」

「たまご、だあーいすき、だろ?」

「そう。たまご、大、大の、だあーいすき!」

そう言って、ソフィーは、お母さんがつくってくれた、ゆでたまごを見つめました。たまご立てには、青地に白で〝SOPHIE《ソフィー》〟と書いてあります。今《け》朝《さ》のたまごは、大きな茶色いたまご。ソフィーは、スプーンでそっと、たまごのからをたたきました。

「ごめんね。食べてもおこらないでね」

マシューとマークは、たがいに顔を見合わせると、おどけて目玉をグルグル、まゆげをピクピク、指《ゆび》でおでこをツンツンして妹をからかいました。

SOPHIE

「あとは、どんな動物を飼《か》うんだい？」

お父さんが聞きました。

「ポニー」

「どんなポニー？」

「シェトランドポニー。シェトランドポニーがだいすきだから」

すると、お母さんが言いました。

「でも、ソフィー。シェトランドポニーは、おとなには小さすぎるんじゃない？〈女牧場《ぼくじょう》マン〉が乗《の》ったら、地面《じめん》に足がつくわよ」

「乗《の》らないもん。ペットにするだけ。名前はチビっていうの」

ソフィーは答えました。

「あとは、どんなペットを飼《か》うの？」

「あとは、ブタ」

「へー、ブタは、ペットじゃありませんね！」

お兄ちゃんたちが言いました。

「ハシカはペットなのっ！」

ソフィーが言うと、

「ハシカって、何？」

と、お兄ちゃんたち。

「ブタの名前だよ。ハシカにかかったみたいな、ボツボツもようだから」

それからソフィーは、ばかにしたような目つきで、

「お兄ちゃんったらさあ、ふたりとも、ソーゾーリョクがないね！」

ソフィーは、ゆでたまごをスプーンですくって、きれいに食べてしまうと、からをさかさにして、たまご立てに立てました。そうすると、新しいたまごに見えます。

「ほらね、食べてないみたい」

「それじゃあ、おまえが〈女牧場《ぼくじょう》マン〉になったら、牛を一頭と、ニワトリ

二羽、それからポニーとブタを飼《か》う……と、そういうわけだな？」

お父さんが聞きました。

「そう！　あと、トウモロコシ畑《ばたけ》もつくるよ」

「なんのために？」

マシューとマークが聞くと、

「もちろん、コーンフレークをつくるためだよ。それぐらい、学校でならわないの？」

と、ソフィー。

「でも、どうやって食べていくんだい？」

と、お父さん。

「牛乳《ぎゅうにゅう》と、たまごと、コーンフレークを食べるよ。だいすきなものばっかりだもん」

「そうじゃなくて、つまり、どうやって暮《く》らしを立てるのかってことさ。ハナコも、エイプリルとメイも、チビも、ハシカも、お金《かね》をかせいではくれないわけだろう？　だいいち、どうやってその動物《どうぶつ》たちを手に入れるんだい？」

「お金《かね》をためるんだよ」

「何年も、何年も、何年もかかるぞぉ！」

お兄ちゃんたちが言いました。

「何年も、何年も、何年もためるよっ！」

ソフィーはそう言うと、いすからおりて、部屋《へや》からとことこ出ていってしまいました。

「牧場《ぼくじょう》ができるほどなんて、あいつに、そんなお金《かね》がためられるわけないよ」

マシューが言いました。

「むりだよね、お父さん？」

マークも聞きました。

「なんとも言えないな。なにせ、あいつは小さいながら、決《き》めたらやりぬく子だから」

お父さんは言いました。

つぎの日の朝ごはんのとき、ソフィーが、ブタのちょきん箱《ばこ》を持《も》ってきてテーブルにおいたので、みんなは「なるほど」と思いました。そのちょきん箱《ばこ》には、こう書いた紙がはってあったのです。

ぼくじょう　ちょきん
ごきようろく　かんしゃします
そふぃー

お父さんは、ポケットから二十ペンスをとりだして、ちょきん箱《ばこ》に入れました。お母さんも、バッグをとってきて、二十ペンス入れました。

お兄ちゃんたちは、おたがいの顔を見て、

「おれ、二ペンスしかないや」

と、マシューが言い、

「おれも同じ」

と、マークが言いました。

「ごきょうろく、ありがとう」

ソフィーは言いました。

大《おお》・大《おお》おばさん？

手紙を読んでいたお父さんが、おどろいた声で、みんなに言いました。

「アリスおばさんが、みんなに会《あ》いに来るそうだよ」

「アリスおばさんって、だれ？」

ふたごのお兄ちゃんたちが、聞きました。

「お父さんのおばさんよ。せいかくには、おじいちゃんのおばさんだから、お父さんの大《おお》おばさんにあたるわ」

お母さんが教えてくれました。

「大《おお》おばさんて、はじめて聞いた」

と、ソフィーが言うと、

「ああ、あなたたちには、大《おお》おばさんではなく、大《おお》・大《おお》おばさんだわね」

「すごい！　それじゃ、ずいぶん大きい人なんだね！」

と、またソフィー。

「もうすぐ会《あ》えるよ。こんどの日曜のお昼に来るって」

と、お父さんが言いました。

「どうしてぼくたち、会《あ》ったことないの？」

マシューとマークが聞きました。

「おばさんの家は、千キロもはなれたスコットランドの高地だからさ」

「ずいぶん遠くから、お昼を食べに来るんだね」

と、ソフィー。

「ちがうちがう。こっちに用事《ようじ》があって、ロンドンに何日か泊《と》まるんだよ」

大《おお》・大《おお》おばさんが来るという話を、ふたごのお兄ちゃんたちはすぐにわすれてしまいましたが、ソフィーはちがいます。いつまでも、そのことを考えていました。高地ってどんなところだろう？　そんな高いところから、どうやっておりてくるのかなあ？　ロープを使《つか》うの？　それとも、はしご？　大《おお》・大《おお》おばさんって、どんな人だろう？　ロンドンまで、何に乗《の》ってくるの？　電車？　あんまり大きすぎて、電車には乗《の》れないね。それなら、飛行機《ひこうき》？

きっとそうだ。だって、どうたいのふくらんだ大型《おおがた》の飛行機《ひこうき》なら、戦車《せんしゃ》もトラックもつめるから。飛行機《ひこうき》なら、高地のてっぺんからでも、ひとっとびでとんでこられる。ロンドンについたら、飛行機《ひこうき》のいちばん後ろの大きな出口があいて、そこから、大きな大きなおばさんがおりてくるんだね。

ところが、日曜になって、玄関《げんかん》のドアがあいたとき、入ってきたのは、とても小さいおばあさんでした。頭が、お父さんの肩《かた》にもとどきません。

「アルおばさん、これが、うちのふたごのマシューとマークです」

お父さんがしょうかいしました。

「こんにちは」

アリスおばさんは、じゅんばんに、ふたりとあくしゅしました。いつもはそうでもないのに、たまたまその日のふたりは、おそろいの服《ふく》を着《き》ていました。

「ひとつのさやの豆《まめ》のように、そっくりだわ。どちらがどちら？」

アリスおばさんがたずねました。

「ぼくがマシューで」

「ぼくがマーク」

マシューとマークが、かわるがわる言いました。

「ぼくのほうが、十分《じっぷん》早く生まれたんだ」

そう、マシューが言ったところで、ソフィーが口をはさみました。

「それで、あたしは二年あとなの」

「まあまあ、では、あなたがソフィーちゃんね」

アリスおばさんは、さしだされた手をにぎり、ソフィーを見て、青い目をきらりと光らせました。

大《おお》・大《おお》おばさんって、小鳥みたい。そのとき、ソフィーはそう思いました。光る目。くちばしみたいにとがった鼻《はな》。細くてほねばった手は、小鳥の足のつめのようにまがっています。

「ソフィーちゃんは、いくつかしら？」

「四才。おばあさんは、いくつ？」

「ソフィー！ そんなことを聞いたら、いけません！」

お母さんが、あわてて止めました。

「どうして？ あたしも聞かれたよ」

「ソフィーの言うとおり。自分の年をかくしたがるなんて、まったくくだらないことよね。わたしは八十才。はちじゅう、じゅうぶんはらぺこ、じゅうに時はお昼……ってね。そろそろお昼かしら？」

アリスおばさんは、すましてそう言いました。

昼ごはんのあと、アリスおばさんとソフィーは、芝生《しばふ》の上のブランコいすにならんですわりました。お父さんとお母さんは、食事《しょくじ》のあとかたづけをしていて、お兄ちゃんたちは、庭《にわ》のむこうでサッカーをして遊《あそ》んでいます。

アリスおばさんは、地面《じめん》にやっととどく小さなくつのつまさきで、ブランコをゆっくりこいでいます。となりにならんだソフィーは、両足《りょうあし》を投《な》げ出してこしかけ、おばさんの、小鳥ににた顔を見ています。大《おお》・大《おお》おばさんに会《あ》ったのははじめてだけど、小《ちい》・小《ちい》おばさんに見えるね。

「おばあさんのこと、なんてよべばいいの？」

ソフィーが聞きました。

「〝アルおばさん〟って、みんなよぶわ。みじかくて、よびやすくて、わたしにぴったりでしょ」

「じゃ、アルおばさん、高地って、とっても高いところ？」

「とても高いわ」

「さむい？」

「とてもさむいわ」

「雪がふる？」

「冬になると、たくさんふるわ」

「白クマがいる？」

「白クマはいないけど、すてきな動物《どうぶつ》がたくさんいるわ。金色ワシに、青ノウサギ、赤シカもいる」

ふたりは、しばらくだまって、ブランコにゆられていました。

やがて、ソフィーが言いました。

「いいなぁ。あたしが高地に住《す》んでたら、ロンドンになんか、おりてきたくないだろうな」

「わたしも、あまり来ないわ。用事《ようじ》があったからよ」

「あたしのうちに来るとか？」

「そう。それから買いものもあったし、わたしのユイゴンの件《けん》をかたづけようと思ってね」

「ユイゴンのケンって、どんなケン？　よく切れる？　どこに、かたづけるの？」

アルおばさんは、楽しそうにククッとわらい声をあげました。けれど、おばさんが何か言いかけたところへ、お兄ちゃんたちが走ってきて、ニヤニヤしながらおばさんの前に立ちました。

ソフィーは、ためいきをつきました。また、あのニヤニヤわらいだ。何がはじまるか、とっくにおみとおしだよ。

もうひとつ、ためいきをつきながら、ソフィーは身《み》をよじってブランコをおりると、とことこ歩いて、どこかへ消《き》えていきました。

アリスおばさんは、お兄ちゃんたちを見て言いました。

「こんにちは」

「こんにちは」

ふたりも言いました。そして、マシューが、

「当てたら、えらい……」

つづいて、マーク。

「……どっちがどっちだ？」

それから、

「ハズレにかける！」

と、ふたりそろって言いました。

それは、ふたりがよくやるゲームでした。お客《きゃく》さんが、まちがえればよし。当たったとしても、たとえば、お客《きゃく》さんがマシューをさして「こっちがマシュー」と言うと、マシューは「マーク」と言います。マークが当たれば、マークは「マシュー」と言うのです。だから、いつでもふたごの勝《か》ち。ソフィーは、それが気に入りません。

「お兄ちゃんたちのうそつき！」

ソフィーがせめても、

「べつに。おれたち、ただ名前をよんだだけだもん。うそなんか、ついてませんね」

と、お兄ちゃんたちは平気《へいき》です。ソフィーは、つげぐちがきらいだから、だまっていいます。けれど、お客《きゃく》さん相手《あいて》のいんちきゲームを見たくないので、その場からはなれることにしたのです。

アリスおばさんは、ニヤニヤ顔のふたりをじっと見て、言いました。

「当たりにかけるわ」

おばさんは、バッグをあけて、さいふをとりだしました。そして、一ポンドコインをふたつ出しました。

「いい？　はずれたら、あなたたちのものよ」

「いいよ！」

ふたごは、はりきって答えました。

アリスおばさんは、ひとりずつ、じっくりとかんさつしました。きれいにゆった頭を上げ下げしてうなずくようすは、まるでツグミが、二ひきの虫のうちどちらを食べようかと、まよっているようです。そして、小鳥がエサをつっつくように、さっと早口で聞きました。

「年上はどっち？」

思わず、マシューの口が、むずむずっと動《うご》きました。アリスおばさんは、それを見ても知らん顔。マシューにむかって、わざとこう言いました。

「あなたが……マーク、だわ」

「ちがうよ！」

ふたりは大よろこびです。

「はずれた、はずれた！」

「ほんとうに？」

おばさんが言うと、

「ほんとうさ」

と、ふたり。

「それでは、かけ金《きん》をはらわなきゃね」


マシューとマークが大はしゃぎで走っていってしまうと、ソフィーがとことこもどってきました。そして、ブランコのいすによじのぼりました。

「今ね、ふたごのどっちがどっちか、当てていたところよ」

アリスおばさんが言いました。

「はぁ！」

ソフィーは、ためいきをつきました。

「あらあら、どうしたの？」

そう聞かれて、ソフィーは大《おお》・大《おお》おばさんの顔を、まっ正面《しょうめん》から見て言いました。

「アルおばさん、ひみつ、まもれる？」

「まもりますとも」

「お兄ちゃんたちさあ、わざとちがう名前を言って、だますの」

「なんてはずかしいまねを！　ひどい子たちだわ」

「あんなことして、いいのかね。ヤリスギだよ」

ふたりはならんで、やさしくブランコをゆらしていました。しばらくは、どちらも口をききませんでした。だまってそうしているだけで、よかったのです。

やがて、ソフィーが口をひらきました。

「お兄ちゃんたちに、お金《かね》をあげたの？」

「ええ」

「どうせ、すぐ使《つか》っちゃうよ」

「あなたにお金《かね》をあげたら、使《つか》わない？」

SOPHI

「うん。ためる。お金《かね》をためて牧場《ぼくじょう》を買うから」

「おもちゃの牧場《ぼくじょう》？」

「ちがうよ。ほんもの」

「ほう！　何年もかかるわね」

「そうだね」

アリスおばさんは、小さなめいのソフィーの顔を、まっ正面《しょうめん》から見て言いました。

「ソフィー、ひみつ、まもれる？」

「まもりますとも」

アリスおばさんは、もう一度《いちど》さいふをとりだしました。

「お兄ちゃんたちには、一ポンドずつあげたのよ。でも、あなたには二ポンドあげましょう」

そう言って、ソフィーにお金《かね》をわたしました。

「うわぁ！　ありがとう！」

ソフィーがおれいを言うと、アリスおばさんは、ニコッとわらって言いました。

「ふたごより、ひとりのほうがいいときだって、あるわよ」

ピンクのポニーなんて！

「マシュー、きょうは何して遊《あそ》ぼうか？」

マークが聞きました。すると、

「いいこと考えた！」

と、マシューが言って、

「おれも考えた！」

と、こんどはマーク。そして、ふたりそろって、

「サッカー！」

「お母さん！　サッカーしに行ってくるよ」

ふたりは、大きな声で言いました。

「わかったわ。ソフィーも連《つ》れてってあげて」

「あいつは、サッカーなんかやらないよ」

「聞いてみなくちゃ、わからないわ。さそってごらんなさい」

お兄ちゃんたちは、ソフィーを見つけて声をかけましたが、いそがしいからと、ことわられました。それで、ソフィーをおいて出かけました。

しばらくして、お母さんが庭《にわ》へ出てみると、ソフィーは何かをさがしているようで、花《か》だんの下をのぞきながら歩きまわっています。手には、小さな黄色いバケツ。

「どうして、お兄ちゃんたちといっしょに行かなかったの?」

お母さんが聞きました。

「いそがしいから」

ソフィーは、めんどうくさそうに答えると、腰《こし》をまげてマッチぼうをひろい、バケツに入れました。

「まあ、ソフィー、いい子だわ。お父さんがすてたマッチを、ひろってくれてるのね。お父さんたら、パイプに火をつけるたびにマッチを使《つか》っては、そこらじゅうにすてて歩くんだから。でも、あなた、マッチひろいはもういいから、みんなのところへ遊《あそ》びに行ったらどう？」

お母さんが言いました。

「ただのマッチひろいじゃないよ。動物《どうぶつ》たちのエサをあつめてるのっ！」

ソフィーは、ぶすっとして言いました。

お母さんは頭をふりふり、家の仕事《しごと》にもどりました。あの子、このままではひとりぼっちだわ。動物《どうぶつ》のエサをあつめてるですって！　マッチぼうを食べる動物《どうぶつ》なんて、いるかしら？　自分だけの世界《せかい》にひたっているのよ。あの子のためによくないわ。遊《あそ》び相手《あいて》になる、同い年ぐらいの女の子がいるといいんだけれど。

それから何日もしないうちに、お母さんのねがいがかないました。近所《きんじょ》に、ちょうどソフィーと同じぐらいの年の女の子が引っこしてきたのです。長い金《きん》髪《ぱつ》をふたつにゆった、かわいらしい子です。お母さんは、さっそくあいさつに行ってきました。そして、ある朝、こう切りだしました。

「ソフィー、こんど引っこしてきたおうちに、小さな女の子がいるのよ」

「知ってる。見たよ。スカートはいてた」

ソフィーは、スカートがきらいです。

「ドーンちゃんっていうんですって」

と、お母さん。

「ふうん」

ソフィーは、おんぼろジーンズのポケットに手をつっこんで、背中《せなか》をまるめ、どたどた歩いていこうとしました。気に入らないというしるしです。

「きょう、遊《あそ》びに来ることになったのよ」

お母さんは、ソフィーによびかけました。そして、ふたごのお兄ちゃんたち

にも言いました。

「お母さんたちがコーヒーを飲《の》むあいだ、あなたたち三人で、ドーンちゃんと遊《あそ》んであげてね」

「何時に来るの？」

マシューが聞きました。

「十一時」

「おれたちは、サッカーの試合《しあい》だもん」

と、マークが言い、

「十時三十分ちょうど、キックオーフッ！」

と、ふたりそろって言いました。

ドーンは、リボンのついた緑《みどり》色のワンピースを着《き》てやってきました。まっ白いくつしたと、赤いおしゃれなくつ、かみにも緑《みどり》のリボン。おもちゃのポニーを持《も》っています。

ソフィーがよばれて、あいさつをしたとき、ドーンのママは、ちょっとまゆをひそめました。ソフィーのほうは、白く〝SOPHIE《ソフィー》〟とあみこんだ、くたびれた青いセーターとジーンズに、どろだらけの長ぐつ。黒いかみの毛は、まるで「今、しげみをおしりからくぐってきたところ」というようにモジャモジャ。手には、黄色いバケツを持《も》っています。

「ソフィー、この子がドーンちゃんよ」

お母さんが、しょうかいしました。

ドーンは、おもちゃのポニーを見せました。あざやかなピンク色で、銀《ぎん》色の長いたてがみとしっぽがあります。銀《ぎん》色のまつげまで、つけています。

「キラキラアンヨちゃんっていうの。あたしのだいじなポニーよ。でも、あんたにも遊《あそ》ばせてあげるわね」

ソフィーは、むすっとして、キラキラアンヨを見ました。ピンクのポニーなんて、気に入りません。

「さあ、あっちで遊《あそ》んでらっしゃい。ソフィー、いい子だから、ドーンちゃんのめんどうを見てあげてね」

ソフィーのお母さんが言いました。

すたすた歩くソフィーとならんで歩きながら、ドーンが声をはりあげました。

「進《すす》め、キラキラアンヨ！　進《すす》め、かわいいポニーちゃん！」

花《か》だんにさしかかると、ソフィーは、何かをさがしはじめました。

「ソフィー、何をさがしてるの？」

ドーンが聞きました。

「マッチぼうだよ」

ソフィーは、ぶっきらぼうにそう言うと、マッチを二本ひろってバケツに入れました。

「いやだぁ！　ばっちいマッチぼう！　そんなもの、どうするつもり？」

ドーンは、鼻《はな》の頭にしわをよせました。

「動物《どうぶつ》たちのエサ」

ソフィーがそう言うと、ドーンは、ケラケラわらいだしました。

「ソフィーったら、おばかさんね。マッチぼうは木よ。動物《どうぶつ》は、木なんか食べないわ」

「うちのは食べるったら」

ドーンは、おもちゃのポニーに話しかけました。

「おばかさんだわねぇ、キラキラアンヨちゃん。あなたは、あんなマッチぼうなんて、いやよねぇ。だって、おいしい草がすきなんですもの」

そう言って、芝生《しばふ》を何本か引きぬいて、ピンク色の口もとに持《も》っていきました。

「そんなの、うそっこじゃないか。あたしのは、ほんものの動物《どうぶつ》だよ。見せてあげる」

庭《にわ》のおくに、古い物置《ものおき》があります。その外に、大きすぎて棚《たな》におけない植木《うえき》ばちがいくつも、ふせてありました。ソフィーは、大きな植木《うえき》ばちを、そっとうらがえしました。そこには、ひろったマッチぼうの山をベッドにして、ダンゴムシのたいぐんがいました。

「みんな、おはよう。おいしいマッチぼうを二本、持《も》ってきたよ」

ソフィーがよびかけました。

「キャー！　気持《きも》ちわるぅーい。きったない、モゾモゾ虫だわぁ！」

ドーンは、キラキラアンヨをぎゅっとだきしめて、言いました。

そのとき、一ぴきの大きなダンゴムシがむれからはなれて、ドーンの足もとによってきました。ドーンは、おしゃれな赤いくつをはいた足を、ひょいとダンゴムシの上に持《も》ちあげると、わざとふみつぶしました。

庭《にわ》のおくから、ものすごい泣《な》き声があがるのを聞いて、お母さんたちがかけつけました。そこでは、とんでもないことが起《お》こっていました。

物置《ものおき》の前で、背《せ》のひくい、ずんぐりした子が、こわい顔をして、ピョンピョンとびはねています。その足もとでは、銀《ぎん》色のたてがみのピンクのポニーが、ボロボロになっていました。

「ソフィーっ！」

ソフィーのお母さんが、ひめいをあげました。

「ドーンちゃーん！」

ドーンのママが、さけびました。

「わぁぁぁぁぁぁぁ！」

ドーンが、泣《な》きわめきました。

ソフィーは、ぺちゃんこになったキラキラアンヨの上に、さいごにもう一度《いちど》、思いっきりとびおりてから、どこかへすたすた歩いていきました。

SOPHI

「ソフィーはどこ?」

サッカーから帰ったお兄ちゃんたちが、聞きました。

「部屋《へや》よ。とてもいけないことをしたから」

「何をしたの?」

「あなたたちは、気にしなくていいの」

「ソフィーはどこだい?」

仕事《しごと》から帰ったお父さんも、聞きました。

「部屋《へや》よ。とてもいけないことをしたんです」

「何をしたの?」

「近所《きんじょ》にこしてきた子のおもちゃを、めちゃくちゃにこわしたのよ」

「どうしてまた、そんなことをしたんだろう?」

「わからないのよ。聞いたけど、言わなかったわ」

「ぼくが聞いてみよう」

と、お父さん。けれども、すぐにもどってきました。

「やっぱり、言わなかったよ」

ぷりぷりおこったドーンのママが、泣《な》きじゃくるむすめを連《つ》れて引き上げる前に、ソフィーは、自分の部屋《へや》にとじこもりました。言われるよりさきに、自分からそうしたほうがいいと思ったからです。そして、ベッドにすわって、死《し》んだダンゴムシのことをかなしんでいました。

ところが、そのうちに、うれしいことも見つけました。ドーンに、ばちをあてててやった！　あたしも、ばつとして、牧場《ぼくじょう》ちょきんからお金《かね》をはらうことになるだろうけど、それでもいいや。

寝《ね》る時間になると、お兄ちゃんたちが、ソフィーのようすを見に来ました。

ふたりは、ソフィーのベッドにこしかけました。かたがわにマシュー、はんたいがわにマーク。

「おまえ、何をやったのさ？」

ふたりが聞きました。

「ドーンのおもちゃをこわしたの。ジャンプして、ぺちゃんこにつぶしてやった」

と、ソフィー。

「なんで？」

マークが聞きました。

「ドーンが、あたしのダンゴムシをふみつぶしたから」

「ころしたの？」

マシューが聞きました。

「そう」

「なんて、ひどいやつ！」

ふたりいっしょに言いました。

「そのおもちゃって、へんなピンクのポニーなんだよ。キラキラアンヨだって」

「うへぇ！」

と、ふたり。

「ぺちゃんこにしてやったおまえが正しいよ」

と、マシューが言うと、

「そいつのことも、ぺちゃんこにつぶしてやればよかったんだ」

と、マークが言いました。

「そいつがしたことを、お父さんとお母さんに言ったのか？」

ふたりが聞きました。

「言わないよ。どうせ、『わざとやったわけじゃない』とか、『ただのダンゴムシだろう』とか言われるだけだからさ」

ソフィーが言いました。

それから少しして、お母さんとお父さんがやってきました。ふたりは、ソフィーのベッドにこしかけました。かたがわにお母さん、はんたいがわにお父さん。

「いいかい、ソフィー。よその子のおもちゃをこわすことなんて、できないんだぞ」

お父さんが言いました。

「できるよ。あたし、やったもん」

と、ソフィー。

「ごめんなさいって言わないと、いけないわ」

お母さんが言いました。

「いやだ。言いたくない」

と、ソフィー。

「なあ、ソフィー、ドーンが何をしたか、お兄ちゃんたちから聞いたよ」

ソフィーは、つぎのことばを待《ま》ちました。

「わざとやったわけじゃないわよ、きっと」

と、お母さんが言い、

「ただのダンゴムシじゃないか」

と、お父さんが言いました。

お父さんのさいなん

SOPHI

ソフィーは、お母さんのサングラスをかけて、庭《にわ》をさんぽしています。ふちが白で、レンズはまっ黒です。そのサングラスをかけたソフィーは、まるでパンダのようです。サングラスをかけて見ると、ピンクの花は赤く、黄色い花は金色に、キャベツは青く見えます。

ソフィーは、玄関《げんかん》へつづく小道にはいり、まどからダイニングをのぞいてみました。家の中は、何もかも黒っぽく見えます。テーブルも、いすも、食器棚《しょっきだな》も、お皿《さら》も。いつもはミルクチョコレート色の木の床《ゆか》は、ふつうのチョコレート色になっています。

あれあれ？　床《ゆか》の上に寝《ね》ている、細長い、黒いものは、なんでしょう？

「うわっ！　死体《したい》だ！」

ソフィーは、ひめいをあげながら小道をかけぬけ、うらぐちから台所《だいどころ》にとびこみました。

「お母さん、たいへん！　ダイニングの床《ゆか》に死体《したい》があるよ」

「死体《したい》ですって？」

お母さんは、いそがしそうに、なべのなかみをかきまわしています。

「まさか、ソフィー。……ああ、たしかに、床《ゆか》に寝《ね》そべってる人がいるわ」

「だれなの？」

ソフィーは、息《いき》をひそめて聞きました。

お母さんが、ようやく、こちらをふりむきました。

「まあ、びっくりした！　パンダみたいよ。それをはずして、よく見てごらんなさいな。それじゃあ、自分のお父さんもわからないはずだわ」

ダイニングのかたい木の床《ゆか》の上に、お父さんが、あおむけに寝《ね》ていました。

両《りょう》うでをわきにつけて、むっつりと、てんじょうをながめています。

ソフィーは、ドアのかげから、おそるおそる声をかけました。

「お父さん？」

「ああ」

「だいじょうぶ？」

「だめだ」

「どうしたの？」

「腰《こし》がいたい」

「そりゃそうだよ、そんなかたい床《ゆか》に寝《ね》てるんだもん。寝《ね》るなら、ベッドへ行きなよ」

ソフィーがそう言うと、お父さんは、大きなためいきをつきました。

「床《ゆか》に寝《ね》ているから腰《こし》がいたいんじゃなくて、腰《こし》がいたいから、床《ゆか》に寝《ね》ているんだ」

「あ、そうなの」

そう言うと、ソフィーは部屋《へや》にはいってきて、手を腰《こし》にあて、足をひろげて、お父さんのそばに立ちました。そして、しんぱいそうに聞きました。

「どうして、腰《こし》がいたくなったの？」

「わからん。新聞《しんぶん》をひろおうとして腰《こし》をかがめたら、〝ゴキッ〟だ」

いかにもきげんのわるそうな声です。

「それで、いたくなったの？」

「たぶん」

「今も、いたい？」

「こうやって、じっとしていれば、いたくない。これが、いちばんいいらしいよ。ただ、いやになるほど、たいくつだ」

ソフィーも、お父さんのとなりに寝《ね》てみました。両手《りょうて》をわきにつけ、むっつりした顔で、てんじょうをながめました。

SOPHIE

「ゲームでもする？」

「じっとしたままできるゲームならな」

「できるよ。〈見つけたゲーム〉だもん。動《うご》かすのは、目だけ。腰《こし》はいたまないよ。〈見つけたゲーム〉をしていれば、腰《こし》のことをわすれられるって」

「よし、わかった。おまえからはじめてくれ」

お父さんが言いました。

「見ーつけた！　〝て〟ではじまる三文字、なーんだ？」

ソフィーが言うと、お父さんは、目をきょろきょろ動《うご》かして、部屋《へや》じゅうをさがしました。まず、テレビが見つかりました。

「テレビ」

お父さんが言いました。

「ちがーう！」

お父さんは、でんとうを見つけました。

「でんき」

「ちがーう！」

かべにかかった写真《しゃしん》を見て、言いました。

「テニス」

「ふざけないでよ、お父さん」

ソフィーがおこりました。

「この部屋《へや》から、テニスしてる人なんて、見えっこないでしょ」

「見えるよ。あそこに、テニスしてる写真《しゃしん》があるもの」

「あ、そうか。でも、ちがーう！」

「こうさんだ」

「だめでーす。こうさんしないで考えてください。ヒントをあげようか？」

ソフィーが言いました。

「たのむよ」

「頭の上を見てください」

お父さんは、上を見て言いました。

「目にはいるのは、てんじょうだけだよ」

「ほうら、考えればできるじゃない」

と、ソフィー。

「だって、ソフィー、て・ん・じ・ょ・う、は五文字だぞ」

「えっ？　て・ん・じょ、で三文字じゃないの？　じゃ、今のは、なしね。もう一回、見ーつけた！」


三十分ぐらいして、お母さんがやってきました。

「まあ、お父さん、よくめんどう見てもらえて、よかったわね。ソフィー、あなた、大きくなったら看護師《かんごし》さんになれるわよ」

「あたしは、〈女牧場《ぼくじょう》マン〉になるって言ってるでしょ。さあ、こんどはお父さんの番」

「何をして遊《あそ》んでるの？」

お母さんが聞きました。

「〈見つけたゲーム〉。あたしが勝《か》ってるの」

と、ソフィーが言うと、

「おまえの勝《か》ちだ。もう、この部屋《へや》じゅう、どこもかしこも、うんざりするほど見たよ。こんどは庭《にわ》を走りまわってきたら、どうだ？」

「いやだ。お父さんと遊《あそ》ぶほうが、ずっとおもしろいもん。ほかにもゲームいっぱい知ってるよ。ちょっと、取《と》りに行ってくるね」

そう言って、とことこ出ていきました。

お母さんは、お父さんにわらいかけました。

「かわいそうに、あなたは〝とらわれの身《み》〟だわ。にげようがないもの」

「いつまでおとなしくがまんできるか、わからないよ」

お父さんが言いました。

「そうやって、ゲームにつきあっていればいいじゃない。長く寝《ね》ているほど、よくなるそうよ」

そう言って、お母さんが出ていくのと入れかわりに、荷物《にもつ》をうでいっぱいにかかえて、ソフィーがもどってきました。紙とえんぴつ、チェスボードとチェスのこま、トランプ、家族《かぞく》合わせのカード。

「ほらね。まずはじめは、これだけ」

持《も》ってきたものをお父さんのわきにどさっとおいて、ソフィーが言いました。

「そんなにたくさん、できないよ。寝《ね》ながらだもの」

お父さんは、ことわろうとひっしです。

「手は使《つか》えるでしょ？」

ソフィーが聞きました。

「たぶん」

「よっし。それじゃあ、はい、えんぴつと紙。〈○×ゲーム〉をしようよ」

昼までの時間の長かったこと。ようやくお昼になるころ、お母さんがまた、ダイニングをのぞきました。ソフィーは、お父さんのわきで、あぐらをかいて、もう勝《か》ちが決《き》まったように、こう言っているところでした。

「パン屋《や》のむすめのメロンさんをください。それから、肉屋《にくや》のむすこのロースくんのカードをください」

そして、さいごの一まいを指《ゆび》さして言いました。

「わかった！　それ、お医者《いしゃ》のヤブイ先生でしょ！」

お父さんは、もう、うんざりといったようすで、ヤブイ先生のカードをわたしました。ひどくつらそうな顔をしています。

お母さんは、しんぱいになりました。

「腰《こし》がいたむの？　ひどくなったのかしら？」

お父さんは、床《ゆか》の上で頭をごろごろゆらしました。

「いいや、腰《こし》のことを考えるひまなんて、なかったよ」

「ゲームをたくさんやったの。ぜーんぶ、あたしの勝《か》ち！」

ソフィーが言いました。

「さあ、ソフィー、手をあらってきて、お昼にしましょう」

ソフィーが部屋《へや》から出ていくと、お母さんは、お父さんに聞きました。

「どうしましょう？　ここで食べるほうがいいかしら？　お医者《いしゃ》さんがもうすぐみえるから、それまで、こうしていたほうがいいんじゃない？」

「もう……これいじょう……一分……だって……ここには……いたくない……さ」

お父さんは、そう言って、用心しながら、そろそろ立ち上がりました。それから、ドアの前のステップを、ゆっくり二だん上がりました。そして、びっくりして言いました。

「よくなったようだぞ」

そこへ、もどってきたソフィーが言いました
「だから言ったでしょ、お父さん。ゲームをしていれば、腰《こし》のことをわすれられるって」

お昼ごはんのとちゅうで、玄関《げんかん》のベルが鳴りました。ソフィーが出てみると、お医者《いしゃ》さんでした。

「いらっしゃい。ヤブイ先生ですね？」

と、ソフィーが聞くと、

「ヤブイ？　いいや、マクドナルドだが」

「あ、シツレイ。どうぞ、おはいりください」

マクドナルド先生は、ダイニングにはいりながら言いました。

「どうしました。腰《こし》ですって？」

「さっきよりはだいぶよくなりました」

と、お父さんが言うと、

「それはそれは。診察《しんさつ》するまでもなく、かくじつに言えることが、ひとつありますよ。腰《こし》をいためたときには、こうするよりほかない」

と、先生。

「どうするんです？」

お父さんが聞くと、

「ああ、昼食がすんだら、このかたい木の床《ゆか》に、あおむけに寝《ね》ることですね。きょう一日、そうしているといい」

それから、ソフィーにむかって言いました。

「おじょうちゃん、お父さんの相手《あいて》をしてあげてくれるかな？　何かゲームでもするといい」

やっと会《あ》えたね

九月になり、ふたごのお兄ちゃんたちの学校がはじまりました。つぎの学期《がっき》からは、ソフィーも行くことになっています。
ソフィーは、学校がすきになるかどうか、考えてみました。学校には、楽しみなことと、いやなことがあります。

いやなことは、
一、せいふくを着《き》る。
二、ドーンといっしょ（ドーンは、九月から学校へ行っています）。
三、ドーンみたいな、へんな子がほかにもいる。
四、へんなおとなもいる（先生もへんかもしれない。マシューとマークはそうでもないと言うけど、どうだかわかりません）。
五、きゅうしょくを食べる（ニシンのトマト煮《に》がだいきらいです）。

もちろん、楽しみなこともあります。
一、朝ごはんのあと、家でお皿《さら》あらいをてつだわなくていい。
二、お兄ちゃんたちといっしょにいられる（お兄ちゃんたちは、学校では妹のことなどぜんぜん考えないとは、ソフィーはまだ知りません）。
三、牛乳《ぎゅうにゅう》が飲《の》める（家ではいつも、お母さんにこう言われます。「のどがかわいたら、お水を飲《の》みなさい。牛乳《ぎゅうにゅう》を飲《の》みすぎると、太るから」。でも学校では、牛乳《ぎゅうにゅう》を飲《の》ませてくれるらしいのです。お休みの子がいれば、その子のぶんももらえるそうです）。
四、じゅうどうができる（ソフィーは、だれかを投《な》げとばしたくてたまりません。たとえばドーンとか）。

五、牧場《ぼくじょう》の勉強《べんきょう》ができる（学校に行くのは、おとなになったときにひつような勉強《べんきょう》をするためです。ですから、学校へ行ったら、ひとりずつ「大きくなったら何になりたい？」と聞かれ、ソフィーは「女牧場《ぼくじょう》マン」と答える。すると、牧場《ぼくじょう》の勉強《べんきょう》をさせてくれる。そうなると思っています）。

今のところ、ソフィーの牧場《ぼくじょう》は物置《ものおき》です。そこで、いろいろな生きものを飼《か》っています。さいきん、新しいやりかたで、ダンゴムシの放《はな》し飼《が》いをはじめたところです。

マッチぼうはあまり食べないので、マッチぼうひろいは、やめました。こんどは、なえを育《そだ》てる平《ひら》たい箱《はこ》にダンゴムシを入れて、すきなときに出入りできるようにしました。エサはコーンフレーク。ダンゴムシが食べているのは見たことがないけれど、コーンフレークはちゃんとなくなっています。

今朝《けさ》は、箱《はこ》の中に、ダンゴムシが三びきしかいません。しかも、そのうちの一ぴきは、あおむけにひっくりかえって、十四本の足を上にむけています。

「おまえ、まさか、腰《こし》がいたいんじゃないだろうね？」

ソフィーは、ニヤニヤしながらそう言って、そのダンゴムシを起《お》こしてやりました。それから、箱《はこ》の中に、コーンフレークを二、三まい入れました。

「ほかのみんなは、どこへ行ったんだろう？」

休みにいなかへ連《つ》れていってもらったときに、牧場《ぼくじょう》の人が乳《ちち》しぼりのために牛をよぶのを見たことがあります。「牛こーい、こい、こい！」と言うと、大きな白黒もようの牛が、ぞろぞろあつまってきました。それで、ソフィーは
「ムシこーい、こい、こい！」と、よんでみましたが、一ぴきももどってこないので、のこりのコーンフレークは自分で食べました。

それから、ほかの生きもののようすを見ることにしました。物置《ものおき》の古いテーブルの上に、いろいろな入れものがおいてあります。

はじめは、くつの箱《はこ》。箱《はこ》のよこには〝げじげじ〟と書いてあります。今は、大きくて黒っぽいゲジゲジと、小さくてうす茶色のゲジゲジがいるだけです。ソフィーは、このなかまをもっとふやそうと思っています。けれど、野生《やせい》のゲジゲジは動《うご》きがすばやくて、なかなかつかまえられません。何を食べるかわからないので、ためしにビスケットのカスをやっています。

「これなら、おなかをこわさないよ。ショウカのいいタイプだから」

つぎは、ブリキの古いケーキ型《がた》。土とミミズがいっぱい入れてあります。ミミズは土を食べるから、エサのしんぱいがいりません。ソフィーは大きなミミズがすきで、飼《か》っているミミズの長さを、木のものさしではかってみたことがあります。ところが、くねくね動《うご》くミミズをまっすぐのばして長さをはかるのは、むずかしく、マシューとマークにミミズをおさえてもらいました。今のところ、さいこうきろくは十五センチです。

ミミズのはいったブリキのおくには、くつの箱《はこ》がもうひとつあって、〝ハさ

OPHI
げりげ

ミむし〟と書いてあります。

ハサミムシは、ソフィーの牧場《ぼくじょう》のなかでも、ついさいきん手をひろげたぶんやで、大《おお》・大《おお》おばさんのおかげでした。アルおばさんが会《あ》いに来るまでは、三日月形《みかづきがた》のハサミがこわくて、手が出せなかったのです。

「はさむでしょ」

と、ソフィーが言ったら、アルおばさんから、

「くだらない！　牧場《ぼくじょう》をやろうと思ったら、生きものをこわがってはだめよ。一ぴき、つかまえてきてごらん」

そう言われました。

ソフィーが、おそるおそるハサミムシを（手でさわれないから、からのマッチ箱《ばこ》を使《つか》って）つかまえてくると、アルおばさんは、箱《はこ》からひょいとつまみあげました。ぜんぜん、はさみませんでした。

「動物《どうぶつ》には、きっぱりとしたたいどでせっすること。むやみにこわがるのは、

よくないわ」

おばさんは言いました。

それで、ハサミムシを飼《か》うようになったのです（今でも、つかまえるときはマッチ箱《ばこ》を使《つか》いますが）。エサは、くだものです。

ハサミムシにプラムをひとつやってから、コーヒーのびんにうつりました。ガラスのコーヒーびんの内がわに、大きなナメクジがはりついています。こげ茶色で、ふちには、きれいなオレンジ色のひだがあります。ソフィーは、びんの中に、キャベツの葉《は》っぱを少し入れてやりました。この大物《おおもの》は、ソフィーのじまんです。なにしろ、これをつかまえたあとは、手のぬるぬるが落《お》ちなくて、軽石《かるいし》でごしごしこすったのですから。

いちばんすきな生きものは、さいごのかこいにいます。大きなボール紙の箱《はこ》です。ソフィーは、ふたをあけて、のこりのキャベツの葉《は》っぱをちぎって、箱《はこ》の中に落《お》としました。箱《はこ》のよこに黒いインクでいんさつしてある〝ベークドビーンズ〟の文字の下に、赤いフェルトペンで大きく〝カタツムリ〟と書いてあります。

あの、カタツムリきょうそうの日からというもの、ソフィーは、カタツムリがだいすきになりました。カタツムリが長い角《つの》をゆらゆらさせてゆっくり歩き、物置《ものおき》のテーブルにキラキラかがやく銀《ぎん》色のすじを書いていくようすを、いつまでもあきずにながめています。

ソフィーは、毎日、庭《にわ》でカタツムリさがしをして、カタツムリをふやしました。箱《はこ》の中には、緑《みどり》色や、茶色の、形も大きさもちがう、いろいろなカタツムリがいます。だいたい二十ぴきぐらいでしょうか。大きな箱《はこ》のふたには、カタツムリの大きさに合わせて、いろいろなサイズの穴《あな》があけてあります。自由《じゆう》に外に出られるから、カタツムリの数は、日によってちがいます。

けれど、石をどけるときも、へいのわれめをのぞくときも、花《か》だんのおくをさがすときも、いつでも心の中で、いつかまた、あのカタツムリに会《あ》いたいと

思っていました。

「きょうのきゅうしょく、なんだった？」

学校から帰ったお兄ちゃんたちに聞いたら、

「ニシンのトマトソース煮《に》」

という返事《へんじ》。ソフィーはがっかりです。

「ドーンは来てた？」

と、聞くと、

「ああ。新しいポニー、持《も》ってたよ」

と、マシューが言い、

「青いのね」

と、こんどはマークが言いました。

「学校って、へんな子がいっぱいいる？」

「いっぱいいる」

「へんな子ばっかりさ」

と、ふたりの答え。

ソフィーは、楽しいことのほうを聞いてみました。

「じゅうどう、やった？」

「じゅうどうやるのは、中学年だよ」

と、お兄ちゃんたち。

「じゃあ、牧場《ぼくじょう》の勉強《べんきょう》は？」

マシューとマークは、また顔を見合わせて、目玉をグルグル、まゆげをピクピク、おでこを指《ゆび》でツンツンしてからかいはじめます。

ソフィーはうんざりして、お兄ちゃんたちからはなれました。

けれど、それからあとは、いいことがかさなりました。

まず、大きなハサミムシがつかまりました。しかも、手でつかめたのです。

つぎは、とてもきれいなイモムシを見つけたので、物置《ものおき》の小さな箱《はこ》に入れて、〝いも〟と書いておきました。

二度《ど》あることは三度《ど》あるといいます。その晩《ばん》、自分の部屋《へや》のまどから外を見ながら、ソフィーは、三つめのいいことはなんだろう、と考えていました。すてきな九月の夜です。こんな晩《ばん》は、だれだってしあわせをかんじるでしょう。たとえ、ニシンのトマトソース煮《に》がすぐそこにせまっていても。

ソフィーは、まどわくによりかかって、まきひげをのばしているツタの小さなつるを、ぼんやりいじっていました。そうするうちに、ふと、ツタがからんだかべを見下ろしました。

すると、どうでしょう。ソフィーの鼻《はな》さきにのぼってくるものがあります。それは、とても小さいカタツムリでした。ソフィーの中指《なかゆび》のつめほどもない、キンポウゲのようなきれいな黄色のカタツムリ。

ゆっくりと、けれどもしっかり、カタツムリはかべをのぼりきって、そろそろと、まどわくをこえてやってきました。やがて、そこで止まると、頭を持《も》ち上げて、ソフィーにあいさつをしました。なんでも、ちゃんとわかっているようなしぐさです。

ソフィーは、とびきりの笑顔《えがお》になりました。

「こんばんは、カタツムリさん。やっと会《あ》えたね」

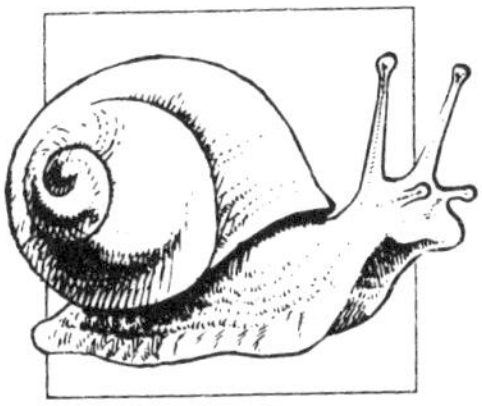

つづく

著者：ディック・キング＝スミス Dick King-Smith
1922年、イギリスのグロスターシャー生まれ。第二次世界大戦にイギリス陸軍の将校として従軍し、戦後は長い間、農業に従事。50歳を過ぎてから教育学の学位を取り、小学校の教師となる。その頃から童話を発表しはじめ、60歳になった1982年以後は執筆活動に専念している。主な邦訳作品に、ガーディアン賞受賞の『子ブタ シープピッグ』、『飛んだ子ブタ ダッギィ』『女王の鼻』（以上、評論社）、『かしこいブタのロリポップ』（アリス館）、『奇跡の子』（講談社）、『魔法のスリッパ』（あすなろ書房）などがある。

画家：デイヴィッド・パーキンズ David Parkins
イギリスのイラストレーター。ディック・キング＝スミスの『パディーの黄金のつぼ』『みにくいガチョウの子』（ともに岩波書店）などに挿画を描いているほか、絵本『チックタック』（E・ブラウン文／評論社）も出版している。

訳者：石随じゅん（いしずい・じゅん）
1951年、横浜市生まれ。明治大学文学部卒業。公立図書館に勤務ののち、主に児童文学の翻訳に携わる。

■評論社の児童図書館・文学の部屋
ソフィーとカタツムリ
二〇〇四年九月一〇日　初版発行
二〇一五年三月一〇日　四刷発行
●——著　者　ディック・キング＝スミス
●——画　家　デイヴィッド・パーキンズ
●——翻訳者　石随《いしずい》じゅん
●——発行者　竹下晴信
●——発行所　株式会社評論社
〒162-0815　東京都新宿区筑土八幡町二-二一
電話　営業　〇三-三二六〇-九四〇九
編集　〇三-三二六〇-九四〇三
振替　〇〇一八〇-一-七二九四
●——印刷所　凸版印刷株式会社
●——製本所　凸版印刷株式会社

商標登録番号　第七三〇六九七号　第八五三〇七〇号　登録許可済

ISBN978-4-566-01330-8　NDC933　123p.　201㎜×150㎜
http://www.hyoronsha.co.jp

ヒキガエル とんだ大冒険 シリーズ

ラッセル・E・エリクソン 作／ローレンス・ディ・フィオリ 絵
佐藤涼子 訳

ウォートンとモートンはヒキガエルのきょうだい。ウォートンはそうじがだいすき、モートンは料理がだいすき。２ひきは、土の中の家で、なかよくくらしています。冒険もすきなウォートンは、何か思いついては、しょっちゅう地上に出ていきます。モートンは、しんぱいでたまりません。じっさい、ミミズクやイタチにつかまったり、クマの穴にまよいこんだり、カラスのどれいにされそうになったり……。どの作品もハラハラドキドキの連続ですが、最後にはいつも、２ひきの誠実でやさしい心が、ピンチをすくってくれるのです。あなたもきっと、ほのぼのとした幸せな気分にひたれますよ。

ミルドレッドの魔女学校 シリーズ

ジル・マーフィ 作・絵／松川真弓 訳

1 魔女学校の一年生

ミルドレッドは魔女学校の一年生。でも、学校一の劣等生。ほうきからは落ちるし、薬の調合をまちがえるし……。とうとうパーティをだいなしにして、学校から逃げだした。

110ページ

2 魔女学校の転校生

魔女学校に転校生イーニッドがやってきた。イーニッドは見た目と大ちがいで、いたずらずき。おかげで、めんどうをみることになったミルドレッドは、さわぎにまきこまれる。

108ページ

3 どじ魔女ミルの大てがら

どじ魔女のミルドレッドも二年生。あるとき、軽い気持ちでついたウソで一年生をこわがらせ、いじわるエセルをおこらせてしまう。そしてエセルに、カエルにされてしまった！

144ページ

4 魔女学校、海へいく

どじをあいぼうのネコ、トラチャンのせいにされ、ミルドレッドはトラチャンと引きはなされてしまった。トラ海へ行くことになったので、トラチャンも連れていきたいのだが……。

220ページ

やりぬく女の子ソフィーの物語

D・キング=スミス 作／D・パーキンズ 絵／石随じゅん 訳

ソフィーとカタツムリ

ソフィーは四才。生き物がだいすき。しょうらいは〈女牧場マン〉になるつもり。心やさしく、しっかり者、決めたことはやりぬく女の子を、きっと応援したくなりますよ。

123ページ

ソフィーと黒ネコ

五才になったソフィーは、黒ネコを飼いたくてたまりません。だけど、お父さんが……。そこで、だいすきなアルおばさんとそうだん。ところが、その黒ネコときたら……。

139ページ

ソフィーは子犬もすき

黒ネコのほかに、アルおばさんから大きな白ウサギをプレゼントされて、ソフィーはしあわせ。でも、友だちのアンドリューの家にテリアの子犬がうまれたと聞いて……。

157ページ

ソフィーは乗馬がとくい

六才の夏休み、一家で海へ。しかも、牧場に泊まることになったので、ソフィーは大よろこび。牧場には、ヒツジやメウシやへんなブタがいて、それに、ポニーもいました！

125ページ

ソフィーのさくせん

学校では牧場の勉強、遠足でも牧場に行き、七才になってからは乗馬のレッスンも開始。一歩一歩〈女牧場マン〉に近づくソフィーが考えた、次のぎょうてんさくせんとは？

157ページ

ソフィーのねがい

アルおばさんの〝高地のてっぺん〟の家にはじめて行ったソフィーは、びっくり。おばさんて〈女牧場マン〉？ 物語の意外な進み方に、ソフィーのねがいは、どうなるの？

150ページ